MANGO, ABUELA Y YO

Meg Medina

ilustrado por **Angela Dominguez**

traducido por **Teresa Mlawer**

CANDLEWICK PRESS

ELLA LLEGA en invierno, dejando atrás su casa soleada que descansa entre dos ríos zigzagueantes.

—Su casa es demasiado grande para una sola persona —me dice mami mientras hacemos sitio en mi cómoda para que Abuela pueda guardar su ropa.

—Y está muy lejos para que podamos ayudarla—añade papi—. Ahora el lugar de Abuela está con nosotros, Mia.

Pero todavía siento timidez ante esta abuela que viene de tan lejos.

¡Pin, pan, pun!

Papi arma la cama de Abuela y la coloca al lado de la mía.

—Así se conocerán mejor—dice.

Pero cuando le enseño a Abuela mi cuento favorito, no entiende las palabras en inglés. Nos limitamos a ver los dibujos y a observar a Edmund dar vueltas en su rueda.

Entonces, antes de apagar la luz, ella saca dos cosas del bolsillo de raso de su maleta.

La pluma de un lorito que vivía en un árbol de mango en el patio de su casa y la fotografía de un hombre joven que sonríe igual que papi.

—Tu abuelo—me dice mientras se sienta en la cama, a mi lado.

Cobijada en mi pijama, me llega el perfume de flores de su pelo y el olor a azúcar y canela de su piel.

Esa noche sueño con un pájaro de plumas rojas que da vueltas en el cielo.

El resto de ese invierno, mientras mami y papi trabajan, Abuela espera a que regrese del colegio. Entonces nos abrigamos bien, con medias y suéteres de lana gruesa, y vamos al parque a dar pan a los gorriones.

Mi español no es lo suficientemente bueno como para contarle las cosas que a una abuela le gustaría saber: como que soy la mejor en arte y que puedo correr tan rápido como los chicos.

Y ella tampoco sabe mucho inglés como para contarme las historias que yo quiero saber de mi abuelo y de los dos ríos que corren frente a la puerta de su casa.

Con las cestas de pan vacías como las palabras que no logran salir de nuestras bocas, regresamos a casa a ver la televisión.

—Abuela no entiende lo que yo le digo ni yo entiendo lo que ella me dice—le cuento en voz baja a mami.

—Ten paciencia—dice mami—. ¿Te acuerdas de cómo fue con Kim?

Kim es mi mejor amiga del colegio. Cuando llegó a clase por primera vez, todos los compañeros le enseñamos palabras en inglés. Y ahora la señorita Wilson a veces tiene que llamarnos la atención: «Niñas, por favor, que interrumpen la clase».

Al día siguiente, después del colegio, mientras Abuela y yo hacemos empanadas de carne para la merienda, imito a la señorita Wilson.

—*Dough*—le digo mostrándole un trocito.

—*Dough,* masa—dice Abuela mientras la amasa.

—*Masa*—repito.

Ella deja caer una cucharada de carne en la masa y dice «carne».

—Carne—digo—. *Meat.*

—Pasas, *raisins.*

—Aceite, *oil.*

De repente, me acuerdo de las tarjetas con palabras que pegábamos por toda la clase para ayudar a Kim. Mientras Abuela fríe las empanadas, pego tarjetas con palabras hasta que todo queda cubierto, incluso Edmund.

Pronto empezamos un juego que yo llamo «Escucha y di» —*Hear and Say*—por toda la casa.

Pero esa noche, Abuela todavía dice «palo» en lugar de *pillow,* cuando se refiere a la almohada, y al pobre Edmund lo llama «gánster» en lugar de *hamster.*

—Seguiremos practicando—susurro.

frame
shade
blanket
pillow
sweater
shirt
rug
hamster
table

Pero al día siguiente no podemos practicar nuevas palabras porque a Edmund se le han terminado las semillas que le gustan y mami y yo tenemos que ir al centro en autobús para comprar más.

A veces se ven gatitos durmiendo en el escaparate de la tienda de mascotas, pero esta vez hay algo mejor.

—¡Mira! —digo—. ¡El escaparate se ha transformado en una selva llena de pájaros!

Y justo en medio hay un lorito que nos mira fijamente con ojitos que parecen frijolitos negros.

Acerco la cara al escaparate y pienso en la pluma roja que Abuela me regaló.

—¡Comprémoslo! —le pido a mami.

—Pero, Mia, si ya tienes a Edmund —me dice mami.

—¡Oh, no! No es para mí. Es para Abuela. ¡Es como el lorito que vivía en su árbol de mango! Le puede hacer compañía mientras estoy en el colegio.

Cuando lo llevamos a casa y se lo damos a Abuela, ella exclama: «¡Un lorito!» *A parrot!* Lo llamamos Mango, porque sus alas son de color verde, naranja y dorado, como el mango.

Durante el día, Abuela le enseña cómo dar besitos con el pico y a mover la cabeza cuando ella canta «Los pollitos».

—Buenas tardes, Mango—le dice Abuela, y abre la puerta de la jaula cuando llego de la escuela.

—*Good afternoon*—le digo, y le ofrezco una semilla. Pronto Mango dice mi nombre antes de yo abrir la puerta de su jaula.

—¡Buenas tardes!—dice Mango cuando abro la puerta—. *Good afternoon!*

Abuela, Mango y yo practicamos nuevas palabras todos los días. Mi español mejora mucho, y Abuela y Mango aprenden los días de la semana, los meses del año y los nombres de las monedas.

—¿Cómo aprendió todo eso?—pregunta papi sorprendido cuando le enseñamos todo lo que Mango sabe decir.

Abuela me hace un guiño y le da a Mango un trozo de plátano con cáscara y todo.

—Es cuestión de práctica—dice ella.

Al poco tiempo, Abuela me pide que le enseñe más palabras para poder conversar con los vecinos que pasan por nuestra casa.

—*Has the mailman come?*

—*It is chilly today.*

—*Can I get you some cookies and lemonade?*

Ahora cuando mis amigos vienen para ver los nuevos trucos de Mango, entienden todo lo que Abuela dice.

Pero lo mejor de todo es que ahora, cuando Abuela y yo estamos acostadas una al lado de la otra, las palabras salen de nuestras bocas fácilmente. Le cuento cómo me fue en el colegio y le muestro los dibujos que hice de Mango.

Abuela me lee mi cuento favorito con muy poca ayuda mía y me cuenta historias del abuelo, quien podía zambullirse, sin salir a respirar, para sacar piedras del río, y cómo hizo un techo con hojas de palma. Yo le hago dibujos y ella me dice que extraña su antigua casa, pero cada vez menos.

Mango nos escucha desde su percha hasta que se me cierran los ojos.

—Hasta mañana, Abuela—le digo.

Abuela me besa tiernamente:

—*Good night, Mia.*

—Hasta mañana. *Good night*—repite Mango.

Y pronto todos estamos profundamente dormidos.

Para Cristina, Sandra y Alex —
y a las abuelas, por todo su amor.
M. M.

A mi familia, y a mi amiga del alma Erika por toda su ayuda.
A. D.

Translated by Teresa Mlawer

First paperback edition in Spanish 2015

Library of Congress Catalog Card Number 2014951415
ISBN 978-0-7636-6900-3 (English hardcover)
ISBN 978-0-7636-8453-2 (Spanish hardcover)
ISBN 978-0-7636-8099-2 (Spanish paperback)

19 20 CCP 10 9 8 7 6

Printed in Shenzhen, Guangdong, China

This book was typeset in ITC Esprit.
The illustrations were done in ink, gouache, and marker,
with a sprinkling of digital magic.

Candlewick Press
99 Dover Street
Somerville, Massachusetts 02144

visit us at www.candlewick.com